中国古代碑帖精粹

李邕李思训碑

图书在版编目（CIP）数据

李邕李思训碑／彭兴林编.—济南：山东美术出版社，2009.6
（中国古代碑帖精粹）
ISBN 978-7-5330-2769-8

Ⅰ.李… Ⅱ.彭… Ⅲ.楷书-碑帖-中国-唐代
Ⅳ.J292.24

中国版本图书馆CIP数据核字（2009）第082639号

策　　划：鲁美视线
主　　编：彭兴林
责任编辑：吴　晋
封面设计：吴　晋
内文设计：杨凤娇

出版发行：山东美术出版社
济南市胜利大街39号（邮编：250001）
http：//www.sdmspub.com
E-mail：sdmscbs@163.com
电话：（0531）82098268　传真：（0531）82066185
山东美术出版社发行部
济南市胜利大街39号（邮编：250001）
电话：（0531）86193019　86193028
制版印刷：北京正合鼎业印刷技术有限公司
开　　本：889×1194毫米　16开　2.25印张
版　　次：2009年6月第1版　2009年6月第1次印刷
定　　价：10.00元

前言

《李思训碑》，全称《唐故云麾将军右武卫大将军赠秦州都督彭国公谥曰昭公李府君神道碑并序》，又称《云麾将军碑》。碑高一丈一尺三寸六分，宽四尺八寸五分。字共三十行，满行七十字。李邕于开元二十七年（七三九）撰并书，碑在陕西蒲城。

李邕（六七八-七四七），字泰和，江苏扬州人。邕少时即负书名，后经李峤与张廷袜的推荐，拜左拾遗之职。开元初擢工部郎中，又出为陈州刺史。复出为汲郡北海太守，宰相李林甫忌邕之才，以事诬害之，遂被杖杀于郡，终年七十岁。因任北海太守，故世称他为“李北海”。此碑书法瘦劲，凛然有势，结体取势稍长，其顿挫起伏奕奕动人，历来与《麓山寺碑》为人推崇。明王世贞称他“李北海书翩翩自肆，乍见不使人敬，而久乃爱之，如蒋子文骁健好酒，骨青竟为神也。”杨慎也称曰：“李北海书《云麾将军碑》为其第一。”

唐故雲麾將軍右武衛大將軍贈秦州都督彭國公謚曰昭以李府君神道碑并序

覩夫地高以族才
秀國華德名昭
宣沖用激婉動必
前文言必典彝人
之儀形圖以善天

守中轄重養福亢
宗以長其代邁德
以閎其門者其惟
我彭國公歟公諱
忠訓字建隆[illegible]秩

之位從於秦克復
其後子仲翔討叛
羌于狄道子伯考
因家焉洎孫漢前
將軍廣子侍中敢

紹諱叔良考原州
長史華陽縣開國
以贈寧州刺史諱
孝斌或集于雲雷
擁旄為將或以光

然宜旋超然遠寄
好山海蓬萊神仙
事且來以名教阻
於從遊為博覽有
書精畫知音[illegible]

特義直以道以非
忠蓋之論不關於
言非侯彼之譽不
介其意夫以此可
以追大化漸家

羣子贊爲甘生相
秦莫可得而聞已
十有四補崇文生
舉經明行脩科甲
明年吏曹以文[illegible]

朝散大夫滿歲除常州司倉參軍事出納之恡職司其憂蓋小小者耳時也鼎湖龍昇[illegible]

欲逐關而出因知
所據河而還復
將安寢偃俛構樓
州江都寧以日五
行四[illegible]十二月還

情敷衽話言所以
廣德化揚和氣
[illegible]以暢仁以及覆
霜凝冰結風折木
以隆日天[illegible]寒威

諸侯時彥名永浩
所恨南陽宗子未
樂勸王西京宰邑
不聞須辟者曠
十有六載及十去

太常寺丞漸也未
月遷太付員外方
恨五旬擢宗正卿
貞形伯加隴西郡
開國公食邑五千

咏傷嗣宮國語
閑通之邪七言悲
詞佞讒巧之譖助
逞姧已害正亂朝
行客秦城章累[illegible]

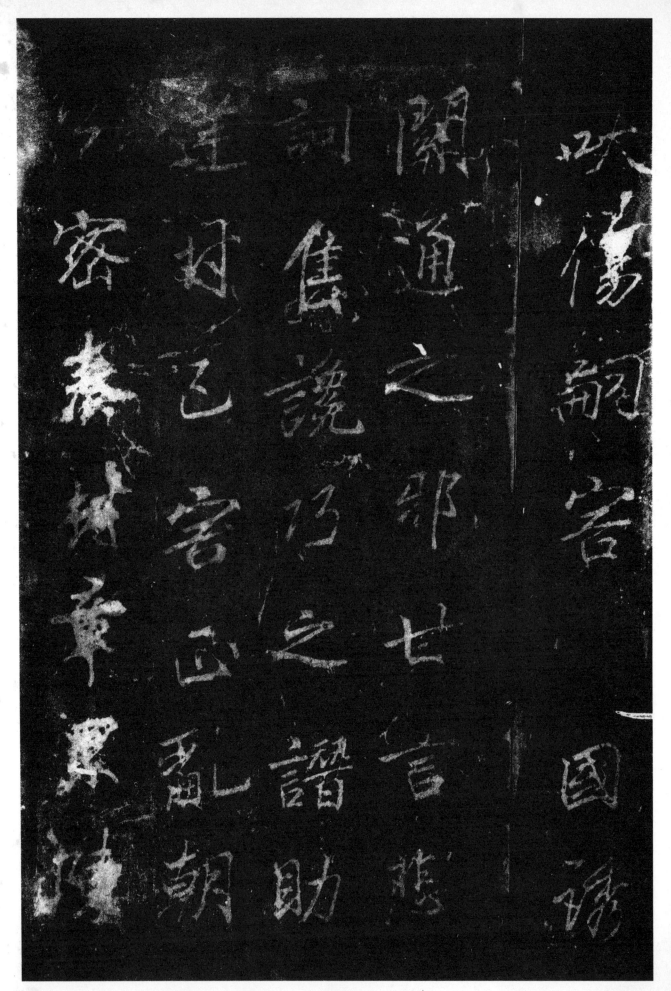

陵安之訣開徑禍之
[illegible]政遂勳舊屬爲
寢讎后族握兵黨
興乇衛佗佗賁易
凶凶作威恃戰[illegible]

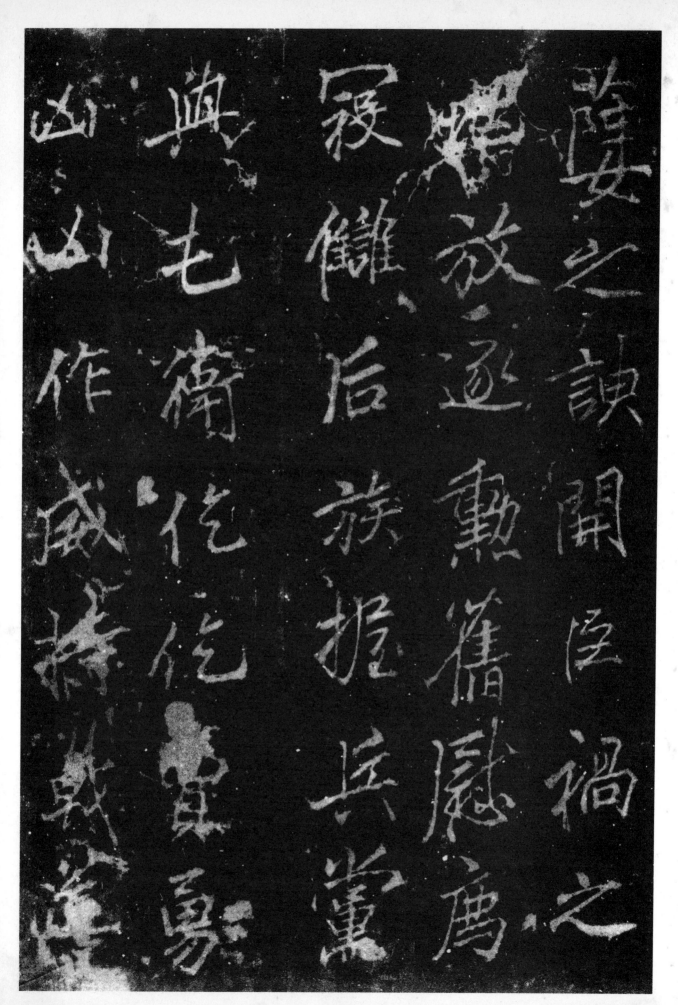

域外廷摇摩飛白
鳥之雄然[illegible][illegible]兵
後討嘗懼李良淮
南蒋凶獨防没蕭
出鎮[illegible]此州刺史

泰崇文事危尚武
取[illegible]忠義且屈才
緒以左屯衛將軍
徵家口並給傳乘
議者以[illegible]武是[illegible]

墻則文雅洽通坂
散騎平遷侍中執
掌著也所重令之
所雖以得之矣後
撰散騎常侍兼寧

此之冊仕以以擠
昇坟一從一横一
文一武丈夫也者
子載尋拜右羽林
[illegible]大將[illegible]以

渝孝弗上又更右
武衛大將軍且師
丹靡貞則拜斯職
宗昌以腹心登庸
官戚以外包犹[illegible]

門也曰假開喻是
究竟談以實明宗
非差別行其道流
也默論象玄深祖
是理[illegible]作成於示

皇道決策謀府經
德智囊而日月有
除霧露成疾莫可
救藥誰終復思嗚
呼春秋六十六以

特贈布絹四百端
匹米粟四百石藥
日官給謚曰昭公
宜上氣魏國夫人竇
氏[illegible]以守[illegible]禮容

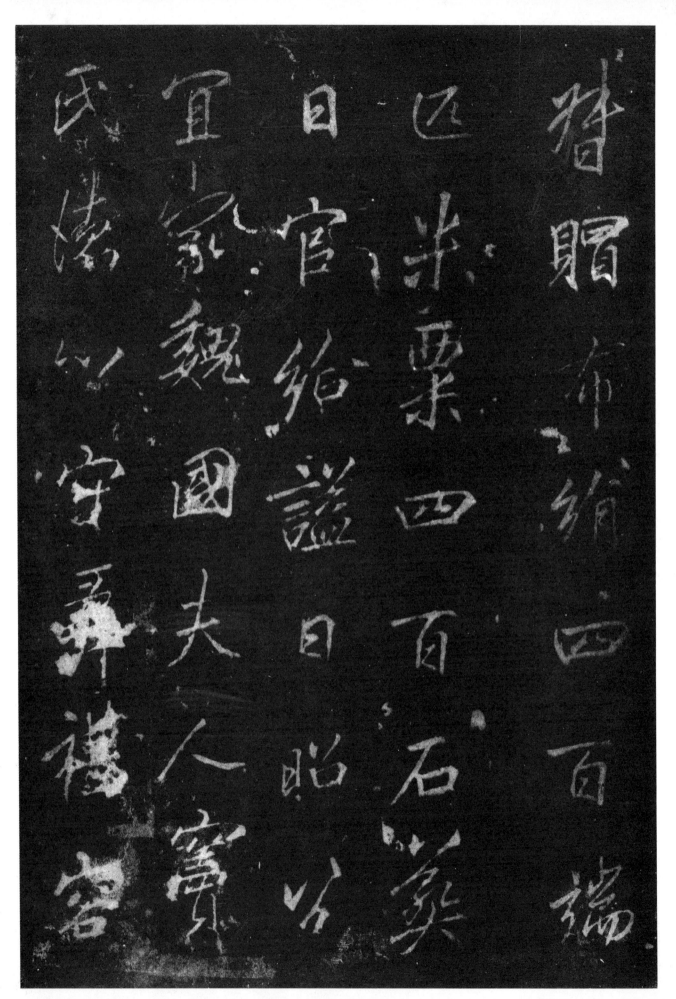

以八年六月廿八日合祔陪于橋陵園禮也姪吏部尚書兼中書令集賢學士傳

布和知恕以歸享
刑器有典軌物有
倫嘗追如父之[illegible]
是切加人之感相
與公[illegible]長孚朝儀

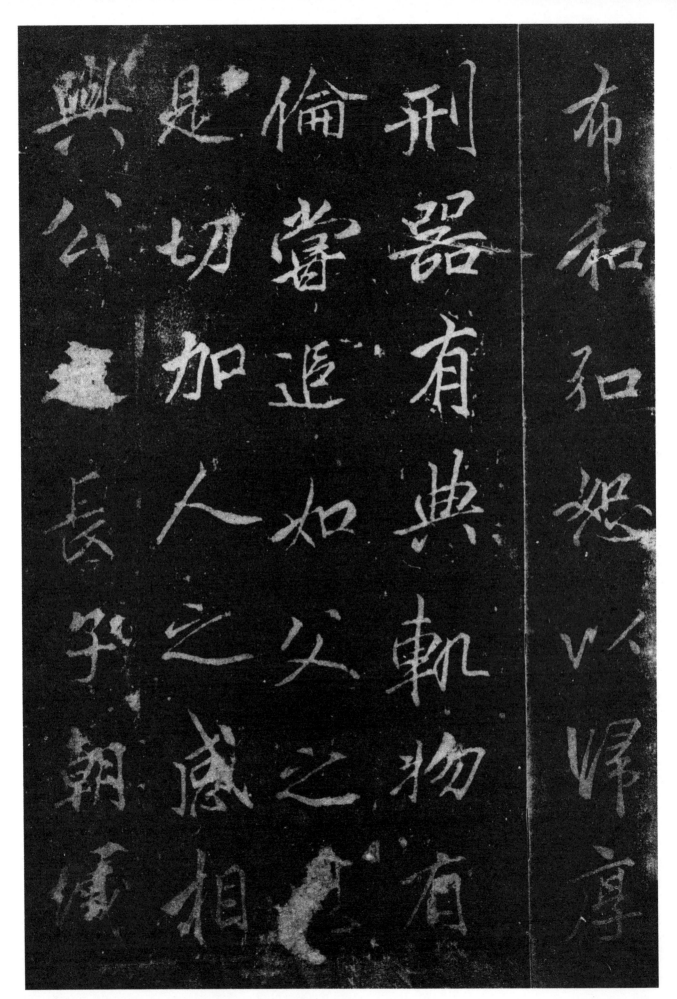

院昭道等並才名
用譽業尚居多至
性純深終天孔亟
嘗恐於前紀事迹
徐聲華名字形言

麟定之時秀人才
國工詩書樂地
興禮良弓率以載
德流義輸忠湖海
雅度[illegible][illegible]清[illegible]亦

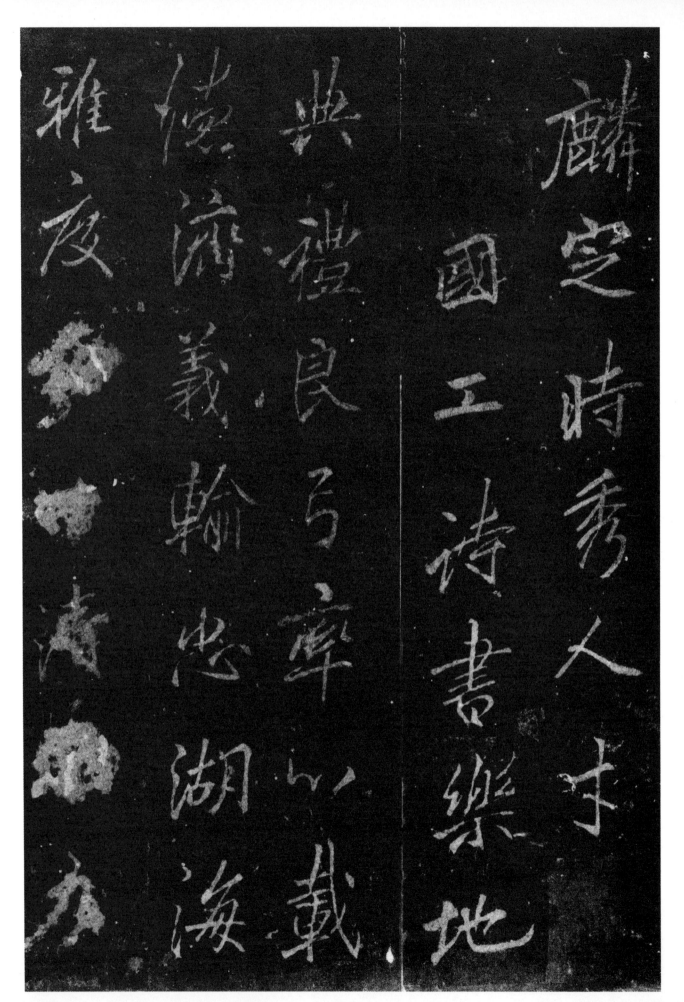

道赫赫復[illegible]振

振祑宗三思畫福

諸尊菩薩夏纏家

靈氣薄華[illegible]

子帷孝靈逾是攸
桐柏烈烈祥關崇
崇盛業仔詠佳城
此中

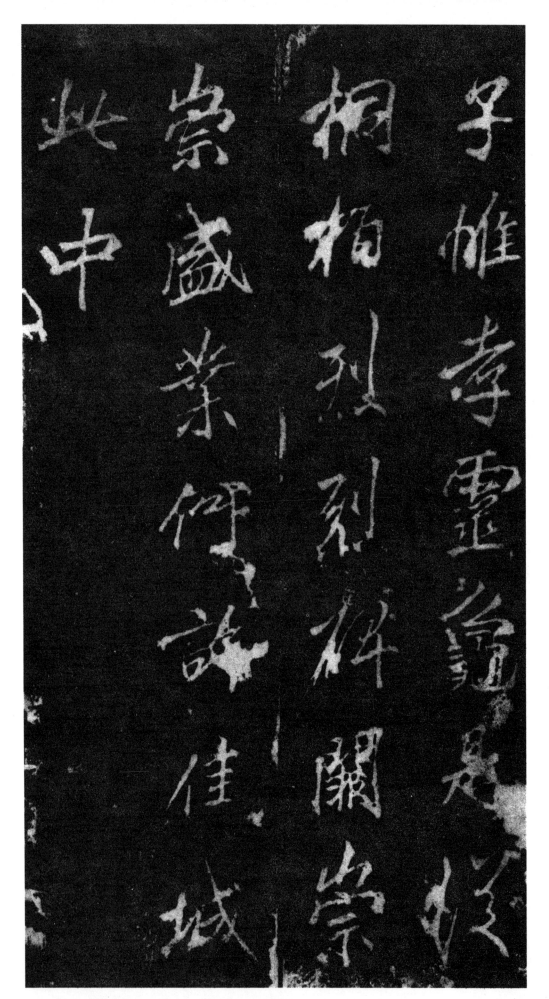

李邕李思训碑释文

唐故云麾将军右／武卫大将军赠秦／州都督彭国公谥／曰昭公李府君神／道碑并序
观夫地高公族才／秀国华德名昭／宣冲用微婉动必／简久言必典彝人／之仪形固以为天
守中啬重养福／亢宗以长其代迈德／以阀其门者其惟／我彭国公欤公讳／思训字建陇西狄
至信徙于秦克复／其任子仲翔讨叛／羌于狄道子伯考／因家焉洎孙汉前／将军广子侍中？
卿讳叔良都原州／长史华阳县开国／公赠宁州刺史讳／孝斌或集事云雷／拥旄为将或？光
然寡欲超然远寻／好山海图慕神仙／事且束以名教阻／於从游乃博群／书精虑众艺百
耸义直道首公非／忠益之论不关於／言非侯度之謩不／介其意夫如此可／以近大化渐家
罣子赞禹甘生相／秦莫可得而闻已／十有四补崇文生／举经明行修科甲／明年吏？以文翰
朝散太夫满岁除／常州司仓参军事／出纳之吝职司其／忧盖小小者于时／也鼎湖龙昇□
叹近关而出罔知／所从临河而还复／将安处僶俛转杨／州江都宰公曰五／行四时十二月还
情敷祐话言所以／广德化扇扬和气／所以畅仁心及履／霜坚冰终风折木／公叹曰天□□□
诟俟时变名求活／所恨南阳宗子未／举勤王西京宰臣／不闻复辟者旷／十有六载及□太
太常寺丞渐也未／月迁太府员外少／卿五旬擢宗正即／真彤伯加陇西郡／开国公食邑二千
吠伤嗣害国诱／关通之邪甘言悲／词售谗巧之谮助／逆封已害正乱朝／公密奏封章累□
嬖之谀开臣祸之／□放逐勋旧慰荐／寇仇后族握兵党／与屯卫仡仡贾勇／凶凶作威持戟□
或外廷揣摩飞白／鸟之难然以楚兵／致讨尝惧季良淮／南荐凶独防汲黯／出公为岐州刺史
旧也家富势足目／指气使驱掠以为／浮费剑戟以为盗／夸公乃急于长雄／缓于□□□□
泰崇文事危尚武／取申忠义具屈才／能以左屯卫将军／徵家口并给传□／议者以为式是□
峤则文雅洽通故／散骑平迁侍中兼／掌昔也所重今之／所难公得之矣复／换散骑常侍□□□

此之再任以心膂／昇故一从一横一／文一武丈夫也君／子哉寻拜右羽林／卫大将军以
渝考中上又更右／武卫大将军且师／丹廉贞则拜斯职／宋昌心腹三登厥／官或以公包□□
门也因假开喻是／究竟谈以实明宗／非差别行其道流／也默论参玄深视／见圣始作泯于不
皇道决策谋府经／德智囊而日月有／除雾露成疾莫可／救药谁能度思鸣／呼春秋六十六以
督赗布绢四百端／匹米粟四百石葬／日官给谥曰昭公／宜家魏国夫人窦／氏德心守彝礼容
以八年六月廿八／日合祔陪于／桥陵园礼也姪／吏部尚书兼中书／令集贤院学士修
布和弘恕以归厚／刑器有典轨物有／伦尝追如父之恩／是切加人之感相／与公之长子朝议
院昭道等并才名／用誉业尚居多至／性纯深终天孔亟／尝恐竹简纪事未／极声华石字形言
麟定时秀人才／国工诗书乐地／典礼良弓率心载／德济义输忠湖海／雅度□□□□□
通赫赫复□□振／振秩宗三思啬祸／诸韦荐凶忧缠家／国气薄华□／□□□□□□
子惟孝灵黾是从／桐柏烈烈碑阙崇／崇盛业何许佳城／此中